魔法少女奇遇記 4

真假魔女變身記

ひみつの魔女フレンズ4巻
魔法学校でつながるキズナ

U0006894

著✦宮下惠茉
繪✦子兔
譯✦林謹瓊

我和她的長相
十分相近，
但性格
卻截然不同。

儘管我們是朋友，
依然各自擁有
不同的
優點和缺點。

一起並肩攜手
向前進吧！
好朋友互相陪伴成長，
會有更強大的力量。

所以，
一起帶著笑容
勇敢迎向未來！

目錄
Contents

第2章 露歐卡的故事

人物介紹
Character

★・人類世界・★

山野薰

擁有神奇的魔法卡片，
對魔法相當憧憬的
小學四年級生。

魔法卡片

具有魔力的卡片，能通往
魔法大道並購買魔法道具。

魔法大道

林立著眾多魔法商店的街道，
不過一次只能購買一項商品。

人物介紹
Character

★·魔法世界·★

露歐卡

熟知所有魔法的魔女。
魔法學校四年級生。

香草

負責照顧露歐卡的使魔。

卡雅莎

露歐卡的同學。

蜜歐娜

露歐卡的母親。
魔法界裡魔力最強的魔女。

歐奇托

露歐卡的父親。
曾經是有名的魔法師。

前情提要

小薰是一名小學四年級生，某天偶然撿到了具有魔力的魔法卡片，並藉此契機，與魔女露歐卡成為了朋友。兩個人通常是在魔法大道會合，或是露歐卡偷偷前往人類世界，沒想到這次……。

第1章

小薰的故事

1
天使的聊天筆記本

「哇！真是難以抉擇！」小薰雙眼綻放著光芒，興奮的環視著魔法大道。

這裡是魔法大道。小薰放學後，就和魔女露歐卡相約一起來這裡逛街。街上有一家店似乎很受歡迎，店裡擠滿了許多跟小薰年紀相仿的魔法師。

這家店展示著各式各樣的魔法文具。寫出來的字會漂浮到空中的鉛筆、會蹦蹦跳跳的兔子造型橡皮擦、還有一打開就會飄出彩色泡泡的筆袋。

「每一個都好可愛，選不出來要買哪個啦！」

小薰剛升四年級的時候，在一次偶然的機會下，撿到一張神奇的卡片。

那就是「魔法卡片」。

只要拿著這張卡片，就能前往林立著眾多魔法商店的魔法大道，還能購買魔法道具。小薰在不知情的狀況下使用

了魔法卡片，某天，卡片的主人露歐卡突然出現在她的面前。從此，小薰與露歐卡成為了朋友。

「露歐卡，妳覺得哪一個比較好呀？」小薰游移不定，眼前五花八門的可愛文具讓她難以抉擇。

「妳講太大聲了啦！」露歐卡皺著鼻子，一臉無奈的說。

「可是，我真的每一個都好想買！」

「在魔法大道一次只能買一個商品，我說過好幾次了。」

聽見露歐卡的話，小薰委屈得噘起嘴巴。

「我知道……但我就是很猶豫！」

這時，擺放在正前方的筆記本吸引了小薰的目光。

「妳看！那個筆記本好可愛！」小薰不假思索的衝上前去。

眼前擺著兩本筆記本，封面分別是水藍色和淺紫色，封面上繪製著天使的圖案，書緣鑲著華麗的金色線條，還各附著一枝純白色的羽毛筆。

「好想知道這能展現出什麼魔法喔？」

小薰才剛說完，後方突然傳來聲音。

「這是『加百列天使的聊天筆記本』喔，您喜歡嗎？」

小薰回過頭，看見一位瘦高俊俏的店員哥哥面帶微笑看

著她。

「聊天筆記本？」

聽見小薰的疑問，店員哥哥進一步向她說明。

「這項商品的特色是，兩本筆記本具有同步更新的功能，相當適合和好朋友或是戀人使用！讓我示範給您看。」

店員哥哥拿起水藍色筆記本上的羽毛筆，在上面隨意畫了一些線條。

結果令人大吃一驚。

原本潔白無瑕的淺紫色筆記本，竟然逐漸浮現出一模一樣的閃亮亮線條。

「好神奇！」

「寫在淺紫色筆記本上，也會有一樣的效果喔！」

店員哥哥在淺紫色筆記本上畫了一個微笑圖案，同時，水藍色筆記本的頁面也浮現出同樣的圖案！

「即便彼此相隔遙遠，只要使用這個商品就能互相對話，是不是很不錯呢？」

店員哥哥展露出彬彬有禮的誠懇笑容。

「真的好厲害！請問價格是多少呢？」

店員哥哥俏皮的眨眨眼，搭配一個響亮的彈指來回應小薰的問題。

「好消息！購買一組筆記本，只要八魯恩！錯過可惜！」

「八魯恩！這樣的話……。」

都說到這裡了，小薰便低聲問露歐卡：

「露歐卡，我可以買這個嗎？」

「現在魔法卡片在妳手上，想買就買喔！」

露歐卡興致勃勃的回答。

「謝謝妳！」

小薰說完後，趕緊從包包裡拿出了魔法卡片。

「我要買那組筆記本！」

「沒問題！請您稍等一下，我為您包裝商品。」

店員哥哥收下魔法卡片，穿過店內擠得水泄不通的客人，走向櫃檯。

小薰一邊看著店員哥哥的背影，一邊問露歐卡：「露歐卡，妳想選哪一個顏色的筆記本呢？」

聽到這句話，露歐卡十分驚訝的回過頭。

「啊？那個筆記本不是妳買來自己用的嗎？」

「店員哥哥剛剛說了，即使相隔遙遠，只要使用這個筆記本，就能互相聊天。所以，我想如果可以透過筆記本跟露歐卡聊天，一定會很有趣！」

小薰這一番話，讓露歐卡大感意外。

「我……我根本不需要這種筆記本，我只要施展魔法就能做到類似的事了！」

「也許妳不需要道具也能辦到，但是我又不會魔法！而且，彼此拿著同款筆記本，就像是好朋友才會做的事，妳不覺得很有趣嗎？」

露歐卡似乎被小薰說動了，但還是故作姿態的揚起下巴說：

「如果妳這麼希望我跟妳一起用這個筆記本的話，那我就勉為其難的接受吧！」

話才剛說完，香草就從露歐卡的披風裡探出頭來。

「露歐卡妳別裝了啦！可以跟小薰一起使用天使筆記本，其實妳開心得不得了吧？」

「香草！」

露歐卡一邊說，一邊把香草用力塞回披風裡頭。

「露歐卡對香草真是毫不留情面呢！」小薰悄悄的聳了聳肩，喃喃自語的說著。

2

露歐卡的同學

「久等了！」

店員哥哥拿著一個薄荷綠色的紙袋，走到小薰與露歐卡面前。

「魔法卡片還給您，使用說明書也一併放在袋子裡了。」

「謝謝你！」

小薰正打算伸手接下紙袋與魔法卡片，這時，店員哥哥說：

「請問兩位現在就要使用這個筆記本嗎？」

「嗯！麻煩您了！」

店員哥哥露出微笑，對她們說：「只要在封面寫上自己的名字，就能立即生效，可以到那邊的櫃檯寫喔！」

「哇！我們現在就去！」

小薰從店員哥哥手中接過了魔法卡片和紙袋，接著轉向露歐卡，對她說：

「我拿藍色這本，露歐卡用淺紫色的這本如何？」

「可以啊！」

得到了露歐卡的回應，小薰立刻從紙袋中拿出筆記本，用羽毛筆在封面寫上自己的名字。

「換妳了！」

露歐卡貌似不情願的接過小薰遞來的筆。

「真拿妳沒辦法，只要在封面寫上名字就可以了吧？」

露歐卡背對著小薰，迅速的在封面寫上自己的名字，臉上忍不住露出欣喜的表情。

「對了！等一下要不要到我家玩呢？今天我媽媽會比較晚下班，不用擔心！」

小薰邀請露歐卡到家裡玩，露歐卡卻維持著背對她的姿勢，沒有給予回應。

「是不是沒有聽見呢？」

「露歐卡！」

「噓！」

露歐卡回過頭，表情嚴肅得有點嚇人，她將手指放在嘴脣上示意小薰別說話，並且抓著小薰的手臂快步走向店門口。

「露歐卡，到底怎麼回事呀？」

小薰驚慌的停下腳步問。

「就叫妳安靜一點了！」

就在露歐卡說這句話的當下，小薰手上裝著筆記本的紙袋撞到了旁邊的商品展示架。

「糟了！」

「喀鏘！」

展示架上，原本裝在籠子裡的蝴蝶造型夾子散落一地，隨即紛紛振翅往上飛。

「哇！」

店裡的魔法師們都看向了小薰她們。

「對不起！露歐卡，幫我一起收拾吧！」

小薰急忙抓住不停飛舞的蝴蝶夾子，就在這個時候……。

「咦，那不是露歐卡嗎？」

「真的呢！」

循著聲音看去，有四個

魔法師女孩正看著她們竊竊私語。

「啊，那些女生是露歐卡的朋友嗎？」

聽見小薰這麼問，露歐卡一臉尷尬的低下頭，雙手不停顫抖。

「露歐卡妳怎麼了？」

小薰又喊了露歐卡一次，沒想到露歐卡就這麼低著頭衝出了商店。

「等等我呀！」

小薰想追上去，但又想到被自己弄亂的商品還沒有收好。

「真糟糕，得趕緊物歸原位才行。」

許多蝴蝶夾子輕盈的盤旋在天花板附近，無論小薰怎麼跳都抓不到。

「要請店員哥哥來幫忙了，可是露歐卡怎麼辦？」

小薰的眼神在店內與店門口之間來回游移，這時，一位綁著辮子的女孩出聲詢問：

「妳還好嗎？需要幫忙嗎？」

「太感謝了！我抓不到那些夾子……。」小薰一邊說，一邊指向那些在空中飛舞的蝴蝶夾子。

綁著辮子的女孩點點頭說：「交給我吧！」

「亞古立帕！集合吧！」

只見她揮動魔杖，念出了咒語，

那些夾子彷彿被召喚似的，

瞬間就飛回原本的籠子裡。

「哇！好厲害呀！謝謝妳！」

聽見小薰的道謝，女孩有些不好意思的摸了摸自己的辮子。

「這只是簡單的打掃魔法而已啦！妳忘了帶魔杖出門嗎？」

被她這麼一問，小薰倒抽了一口氣。

「完蛋了，會被發現我不是魔法師！」小薰在心裡暗自驚慌。

「那個……今天不小心忘記帶出門了。」

小薰一陣傻笑，想就此帶過。

「我有時候也會這樣！」

「真的會很慌張呢！」

旁邊的女孩也跟著一起笑了。

「呼！」

小薰對剛剛施展魔法幫助她的辮子女孩說：

「我叫小薰，剛才真的很謝謝妳！」

「小薰……真是奇特的名字呢！我是卡雅莎。」

卡雅莎對小薰露出親切的微笑。

「那個……請問妳們是露歐卡的朋友嗎？」

她們聽見小薰的提問，互相交換了眼神。

「算是朋友嗎？」

「我們在學校是同一個班級的。」

「原來是露歐卡的同學呀！」

這麼說來，小薰從來沒聽過露歐卡談起學校的事，更別說同為魔法師的朋友了。小薰倒是經常向露歐卡提到自己的朋友。

「這是為什麼呢？」

「妳是露歐卡的朋友嗎？」

面對卡雅莎的問題，小薰用力的點點頭說：

「嗯！對呀！」

卡雅莎似乎對小薰的回應感到很驚訝，只說了一句「這樣呀」就陷入了沉默。

「卡雅莎怎麼了呢？」

小薰對卡雅莎的反應感到有些疑惑，耐不住好奇開口問：

「因為我很好奇露歐卡在學校的樣子，想請問妳，露歐卡在學校是個什麼樣的人呢？」

結果，卡雅莎一副有口難言的模樣，接著說：「怎麼說呢……露歐卡很少來上課。」

「這樣呀，為什麼呢？」

小薰歪著頭表達疑惑，卡雅莎目光低垂的回答：

「大概是因為露歐卡太傑出了，覺得有沒有上課都無所謂吧……而且，她跟我們這種魔法技巧不高的人一起學習應該也很無趣，所以我們幾乎沒有講過話。」

卡雅莎的這番言論讓小薰大吃一驚。

「這怎麼可能！因為露歐卡甚至跟我這種不懂魔法的人都成為朋友了呀！」

雖然很想說出口，但又不能暴露自己是人類這件事，小薰只能喃喃自語。

「卡雅莎，該走了！」

與卡雅莎同行的女孩們拉開店門，提醒她該離開了。

「不好意思呀，我該走了。」

卡雅莎朝著小薰揮揮手，走出這家店。

「魔法學校的同學們是不是誤會露歐卡了呢？」

小薰撿起掉在地上的薄荷綠色紙袋。

「無論如何，得先找到露歐卡。」

小薰正要伸手打開店門，又馬上慌張的將手縮回來。

「啊，對了！我不能離開這家店！怎麼辦？」

在魔法大道買完東西之後，一旦走出商店，小薰就會回到人類世界。

露歐卡不見了，小薰想著是否要先回家一趟，但腦中又浮現出慘白著臉跑出去的露歐卡。

「我不能就這樣拋下露歐卡呀！」

3
黑貓的召喚

該怎麼找到露歐卡呢……小薰陷入了苦惱之中。這時，她的目光停留在手中的紙袋上。

「對了！」

「可以用剛剛買的聊天筆記本，露歐卡已經拿走了另一本淺紫色的，只要使用這個筆記本，應該就能傳訊息給她了。」

小薰走到店內一角，從紙袋裡取出筆記本。

「店員哥哥剛才有講解使用方法了，況且還有使用說明書，我一定沒問題的！」

魔法使用說明書

與朋友開心聊天！

加百列天使的聊天筆記本

效果

據說「加百列」是負責為神傳遞訊息的天使，這款筆記本就如同加百列一般，能為你傳送訊息給對方。只要在任一本筆記本上書寫訊息，訊息就會浮現在另一本筆記本的頁面上。即使相隔遙遠，也能互相對話。附有自動翻譯功能，讓你不受語言的限制，跟任何人都能愉快的聊天。

使用方法

使用前，請在筆記本封面寫上使用者的名字。

注意事項

① 寫到最後一頁時，魔力就會消失。

② 同款的兩本筆記本之間才能互相對話。

③ 只有在封面寫上名字的人才能使用筆記本。

「這麼簡單，我應該馬上就能上手！」

事不宜遲，小薰立刻用羽毛筆在筆記本上寫字。

「露歐卡，妳在哪裡？」

藍色的筆跡一閃一閃的浮現在頁面上。

不過，始終沒有收到露歐卡的回應。

「拜託！露歐卡快回答我呀！」

結果，小薰所寫的字從藍色變成了淺紫色。隨後，下一行出現了閃亮亮的文字。

「在哪裡都無所謂吧！」

「露歐卡回應我了！原來是這樣呀，剛剛沒有注意到，如果對方已讀訊息，字的顏色就會改變。」

小薰馬上接著寫：

「我很想去找妳，但是如果我走出這家店，就會返回人類世界了。」

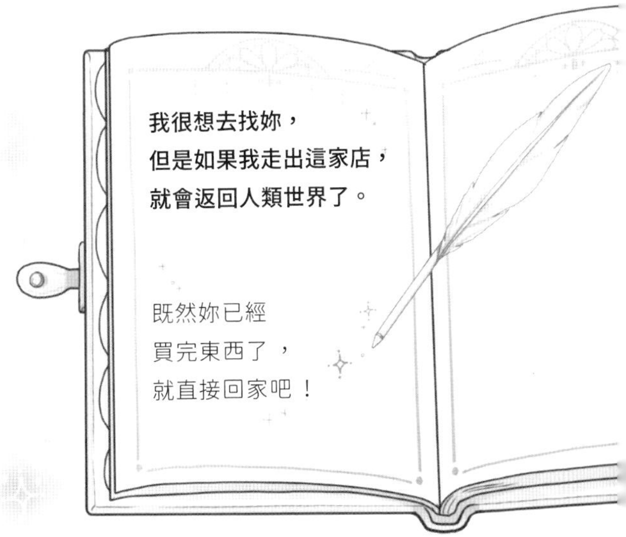
我很想去找妳，
但是如果我走出這家店，
就會返回人類世界了。
既然妳已經
買完東西了，
就直接回家吧！

小薰才剛寫完，上面的字迅速變成淺紫色。

「既然妳已經買完東西了，就直接回家吧！」

「露歐卡真是的！我怎麼可能拋下她不管呢？」

小薰片刻不停歇的回覆：

「我怎麼可能就這樣回家呢？拜託妳了！趕快回到剛剛買東西的商店吧！」

文字顏色雖然改變了，卻遲遲沒有答覆。

「露歐卡該不會已經離開魔法大道，直接回家了吧？」

不管小薰在筆記本上怎麼呼喚露歐卡，文字都還是維持藍色，沒有改變。

露歐卡連讀都沒有讀。

「唉……現在該怎麼辦？」

「是不是乾脆回家會比較好呢？」小薰感到無能為力，一點辦法也沒有。

店內依舊擠滿了年輕女孩們，沒有人注意到獨自站在角落裡的小薰。

「露歐卡是因為沒有去學校上課，所以才不想見到同學嗎？」

小薰想起了露歐卡剛才大驚失色的表情，一臉慌張的跑出去，第一次看見露歐卡這副驚慌失措的樣子。

小薰凝視著聊天筆記本。

「我還是沒辦法就這樣回去！但是，要怎麼做才好？」

就在這個時候。

「喵——喵——。」小薰的腳邊傳來貓叫聲。

「咦？」小薰驚訝的看向腳邊，一隻毛髮滑順

且泛著光澤的黑貓，用牠那金色的瞳孔直盯著小薰。

「店裡怎麼會有貓咪呢？」

小薰彎下腰，將手伸向黑貓。

「小貓咪，你找我嗎？你是這家店養的貓嗎？」

結果，黑貓輕巧的閃躲了小薰的手，往店內深處走去。

「喵——。」黑貓停下來，優雅的併攏前腳，回頭看著小薰，彷彿在等著小薰跟上來似的。

小薰站起身，宛如受到黑貓的召喚，追隨著牠的腳步。

就在小薰要追上的時候，黑貓又迅速的再往前一步。他們就這樣不斷往前走。

不知不覺間，周圍來來往往的女孩們早已不見蹤影，琳瑯滿目的文具也消失了，小薰眼前只有一條看不見盡頭的深遠走廊。

「這家店也太大了吧！」

「嘿，小貓咪，你現在要去哪裡呢？」正當小薰提出這個疑問時……。

「咻！」

突然吹來一陣好強的風。

「啊啊啊！要被吹走了！」小薰害怕的閉上眼睛，手上的紙袋被風吹得「啪噠啪噠」直響。

終於，風停了下來，

小薰小心翼翼的

睜開眼睛，被眼前的景象嚇了一跳。

「哇！」

不知怎麼回事，小薰又站在了魔法大道上。

揹著掃帚的魔法師們談笑風生，在小薰面前穿梭來去。小薰移動目光，看見剛剛的文具店矗立在遙遠的另一頭。

「怎麼會這樣？我是什麼時候離開那家店的呢？啊，對了，剛才那隻黑貓！」

小薰急忙四處張望，但是都沒有看到那隻黑貓的身影。

「牠跑去哪裡了呢？」

正當小薰充滿疑惑的時候……。

「喵——。」小薰聽見身後傳來了熟悉的貓叫聲。

回頭一看，在店與店之間的小巷子裡，有一個黑色的影子，只能看見一雙金色眼睛在黑暗裡發光。

「小貓咪！」小薰踏進了那條小巷子。

「啊！」

沒想到，眼前是背對著她坐在木箱上的露歐卡。

4

魔法陣的另一端

「露歐卡！」

小薰這麼一喊，嚇得露歐卡抖動了一下肩膀。露歐卡驚訝的回過頭來。

「小薰！妳是怎麼走出那家店的？」

「我也不知道，等我發現的時候就到這裡了，先別說這個了，妳剛剛怎麼了？為什麼突然就從店裡跑出去了呢？」

小薰將手搭在露歐卡肩膀上關切詢問。

「沒什麼……。」

露歐卡抱著膝蓋，噘起嘴巴，香草一臉擔憂的站在露歐卡的肩膀上，來回看著她們兩人。

「該不會……是因為看到學校的朋友吧？」

對於小薰的提問，露歐卡突然生起悶氣，將臉撇向一邊。

「才不是因為這樣，而且，她們根本就不是我的朋友！」

「這麼說來，卡雅莎也沒有說露歐卡是她們的朋友。」

小薰默默想著，並在露歐卡身邊坐了下來。

「露歐卡，妳為什麼沒有去學校上課呢？我還聽說妳幾乎沒有跟其他同學講過話。」

聽見小薰這麼說，露歐卡

愕然的挑起了眉毛，反問：

「妳是從哪裡聽來的？」

「一個名叫卡雅莎的女孩告訴我的，感覺她很在意妳。」

這句話讓露歐卡不以為然的眨了眨眼。

「卡雅莎很在意我？怎麼可能！」

「是真的！還有呀，我剛剛聽卡雅莎提起學校的事，我覺得學校的同學好像並不了解平時的妳是個什麼樣的人。」

「平時的我？」露歐卡疑惑的問。

小薰點點頭說：「對呀，只要她們跟露歐卡好好聊過一次，一定就能更加了解妳。所以，露歐卡妳要不要試著和其他人說話呢？只要像當初妳來找我說話的時候那樣就可以啦！」

看見小薰開朗的笑臉，露歐卡不由得怒火中燒。

「妳懂什麼！」

「咦？」

小薰感到不解，這時，露歐卡從木箱上跳了下來。

「別說得這麼簡單！像妳這種有許多朋友而且受到父母疼愛

的小孩，怎麼可能明白我的心情！」

聽到這些話，小薰驚訝的瞪大了雙眼，說道：

「根本沒有這回事！」

「露歐卡，妳說這些話讓我很難過！」香草站在露歐卡的肩膀上激動的說著。

「香草你也一樣！動不動就長篇大論的對我說教，我根本不想聽！」

露歐卡說完後，用手指著香草，開始繞圈圈。

「等等！露歐卡……啊！」

頓時間，香草變得暈頭轉向，倒了下來，就這樣消失在露歐卡的小包包裡面。

「露歐卡妳太過分了，香草只不過是在關心妳而已！」

露歐卡以銳利的目光瞪著小薰。

「別再說了！這跟妳一點關係也沒有吧！」

「當然有關係！」

小薰站在露歐卡面前，態度十分堅定。

「因為我是妳的朋友，如果妳有什麼煩惱的話，我想要陪著妳一起想辦法呀！」

小薰的回答，讓露歐卡一時說不出話來，過了一陣子才用力擠出幾個字：

「妳……妳根本不可能了解我的心情！」

接著，露歐卡拿出魔杖，在空中畫出一個魔法陣。

「古羅亞．塔倫卡貝！」

露歐卡喊出咒語之後，隨即就要穿越進入魔法陣。

「等一下！」

小薰連忙抓住露歐卡的披風，一瞬間，小薰感覺到一陣失重，腳下輕飄飄的，周圍的景色都變

得扭曲模糊。

「好恐怖！」

小薰在害怕之中緊緊閉上眼睛，但沒多久似乎就踩到了地面，她惶恐的睜開雙眼。

「哇！這是哪裡呀？」她不自覺的高聲大喊。

剛剛還站在魔法大道旁的小巷子裡，現在卻到了一個從未見過的陌生房間，就像英文繪本裡會看到的那種風格。

閃耀著橡實般光澤的木地板；厚實的象牙色窗簾；占滿整面

牆的大書櫃，滿滿排列著深具歷史感且分量十足的書本。

「小薰！妳怎麼會在這裡？」

露歐卡震驚的回頭看著小薰。

難道是因為小薰抓住露歐卡的披風，而意外來到這個地方？

「這裡該不會是露歐卡的家吧？我來到魔法世界了嗎？」

第2章

露歐卡的故事

1
來到魔法世界

「這是怎麼回事！小薰妳怎麼會在這裡？」

露歐卡不可置信的看著眼前的小薰，驚訝得目瞪口呆。

剛剛露歐卡施展了移動魔法，從魔法大道回到自己的家。

「竟然抓著我的披風就跟過來了，真讓人不敢相信！」

露歐卡還陷在震驚之中，小薰已經自在的展開雙臂，深深吸了一口氣。

「這裡是露歐卡的家嗎？好漂亮！空氣中似乎能聞到香草的

香氣！哇，好大的窗戶！」

話才剛說完，小薰馬上倚靠在窗前，探出頭向遠處眺望。

「太漂亮了，就像來到國外一樣，真的好厲害。哇！有好多魔法師在空中飛來飛去，這裡真

的是魔法世界。嗨！你們好呀！」

露歐卡連忙把小薰打招呼的手拉回來，將窗戶緊緊關上，再拉上厚厚的窗簾。

「別鬧了！如果被其他魔法師發現了怎麼辦？」

被露歐卡這麼一說，小薰疑惑的歪著頭問：

「咦，被發現了會怎麼樣呀？」

「這還用說嗎，會……。」話說到一半，露歐卡竟然也接不下去了。

「咦，到底會怎麼樣呢？」

香草總是耳提面命的提醒露歐卡，如果魔法師想前往人類世界必須要申請許可證。不過，到目前為止，露歐卡已經在沒有許可證的狀態下前往人類世界好幾次，因為只要在一個小時之內來回就不會被發現。

那麼，換成是人類來到魔法世界又

會如何呢？

「照理來說，身為人類的小薰，應該也沒有辦法到達魔法世界才對。」

露歐卡陷入了深思，這時，香草從露歐卡的小包包裡一邊揉著眼睛，一邊探出頭來。

「露歐卡！妳每次只要有什麼不高興的事，就會用魔法讓我睡著……。」

話還沒說完，香草就被眼前的情形嚇得全身毛都豎起來了。

「為什麼……為什麼小薰會在這裡？」

「嗨！香草！我也來到魔法世界啦！」

看見開心打招呼的小薰，香草十分慌張的爬到露歐卡的帽子上面。

「露歐卡！妳怎麼會把小薰帶到這裡來？」

露歐卡無奈的轉了轉眼珠，用力瞪向帽子上的香草。

「你不要亂說，我怎麼可能帶她過來，是小薰自己跟著我到這裡來的！」

聽見露歐卡的話，小薰不好意思的搔了搔後腦勺。

「那是因為當時我感覺妳馬上就要消失了，所以才不自覺的抓住披風嘛！結果，就一起來到這裡了。」

「說得這麼輕鬆！怎麼還能這麼悠悠哉哉的呀！要是被發現的話，妳知道後果會有多恐怖嗎？」

香草舉起短短的雙臂，振振有辭的說個不停，一副天崩地裂的樣子。

「人類來到魔法世界，到底會有什麼後果呀？」

露歐卡這麼問。

「當然是……。」

原本自信滿滿的香草，卻也一時語塞，說不出個所以然，苦思著說：「到底會怎麼樣呢？」

「什麼嘛……原來香草也不知道！」

聽見露歐卡這句話，香草動作迅速的從毛茸茸的身體裡拿出了一本書。

「等我一下，這本《魔法世界法律事典》記載了各種事項，我查查看就知道了。」

香草用小小的手快速翻著內頁，整張臉埋進書裡認真閱讀，過了一陣子，「啪」的一聲將事典闔了起來。

「結果如何？」

「會怎麼樣呢？」

露歐卡與小薰異口同聲的詢問，只見香草動了動嘴角，鬍鬚也跟著顫動。

「翻遍整本事典，但是都沒有記載這項規定。」

這句話讓她們都啞口無言。

「什麼嘛！」

「是你自己說那裡面什麼都有記載的！」

香草把事典藏進自己的毛髮之中，裝作一副若無其事的樣子

說：「依常理判斷，人類來到魔法世界這種事是絕對不可能發生的，所以這本書裡才沒有記載相關的法律。」

香草的態度跟之前簡直是天差地別。

「這麼看來，我待在這裡根本完全不會有事啦？」小薰笑容滿面的說。

「怎麼可能一點問題也沒有呀！」

露歐卡有點生氣，但小薰絲毫不放在心上。

「我該不會是第一個來到魔法世界的人類吧？光是這麼想就

讓我超級開心！」

小薰一邊說，一邊興奮得手舞足蹈。

「真是的，無論發生什麼事都可以如此樂觀，小薰這項才能已經厲害到讓我無話可說，反倒有點尊敬她了。」

露歐卡在心裡這麼想，開始覺得為了這個生氣實在太蠢了。

「喔，對呀，那妳就隨心所欲吧！」

「嗯！我也是這麼打算的！」

小薰說完後，滿懷好奇的仔細打量起這個房間。

「露歐卡，我可以參觀妳家嗎？好想看看魔法世界的住宅是什麼樣子。」

小薰的雙眼閃閃發亮，滿懷期待的看著露歐卡。

「真拿妳沒辦法。」露歐卡聳聳肩，起身往外走。

「跟在我後面，我帶妳參觀。」

「好！」

「這裡是廚房，媽媽外出工作之前會施加魔法，讓這裡有源源不絕的食材，不管是料理、打掃還是洗衣服，運用魔法就都能輕鬆解決。」

聽完了露歐卡的說明，小薰以無比憧憬的神情，仔細環顧整個廚房。

「好厲害！魔法可以做到這麼多事！嗚哇，這裡好大喔！牆壁的瓷磚跟餐具都好可愛！」

「這有值得這麼激動嗎？」

司空見慣的廚房竟然受到如此讚揚，露歐卡實在不可置信。

「這是廁所兼浴室，要參觀嗎？」

「我要看！哇，浴缸好大！我第一次看到金色的蓮蓬頭和水龍頭！」

接著她們穿過陽臺，走進種植著香草、蔬菜及藥草的溫室，也走入了製作魔藥的小屋，裡面擺放著用來製藥的大鍋子。無論看到什麼，小薰都會發出激動不已的讚嘆聲。

最後，她們來到了露歐卡的房間。

「這種床我只有在繪本裡看過！書桌也好夢幻，真美！」

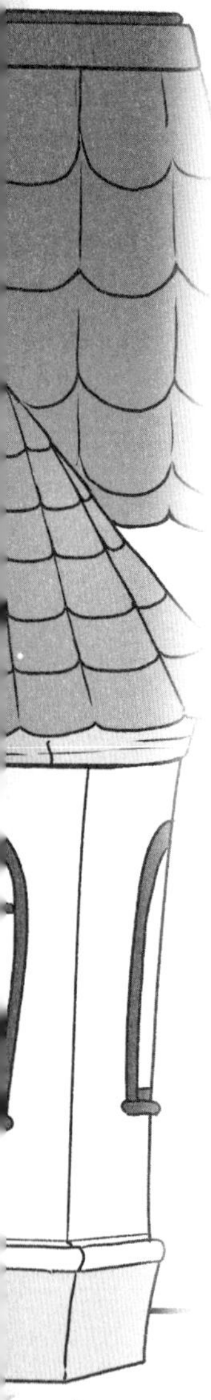

小薰不放過任何一個角落，看完一圈後，她再次深深吸了一口氣。

「不只是家具好看，房間裡瀰漫著一股撲鼻的香氣，是香草？還是香氛精油呢？這樣的房間真的好棒，我也好想住在這裡！」

露歐卡聽見小薰的感想，不自覺的笑了出來。

她從來都沒特別留意過自己房間裡有什麼香味。

「小薰真是有趣！」

小薰抱著床上的抱枕，不經意抬起頭。

「哇！那些全部都是魔法書嗎？」

小薰把抱枕放回床上，指著占滿一整面牆的書櫃說道。

「對呀！全部都是魔法書，紀錄著各種魔法的施展方法。」

「那……如果我讀了這些書，也能學會怎麼使用魔法嗎？」

小薰翻開桌上的魔法書，這本書是《魔法藥學百科》，露歐卡剛好昨天拿出來複習，小薰稍微翻了幾頁，就立刻默默的把書闔起來了。

「完全看不懂書上到底在寫

什麼……。」

「這是當然的，因為是用魔法世界的文字寫的。況且，內容也有一點難，怎麼可能這麼容易就讀得懂啊！」

露歐卡被小薰的舉動逗笑了。

「喔，露歐卡真的很厲害呢！看來我是不可能學會了。妳該不會已經把這整個書櫃的魔法書都讀完了？」

對於小薰的問題，露歐卡有些得意的點點頭。

「這還用說嗎！不只是這些書，家裡所有魔法書的內容，我早就牢牢的記在腦子裡了。」

「真不愧是露歐卡！」

被小薰這麼稱讚，露歐卡的心情好得不得了。

「這沒有什麼啦！」

「原來是這樣呀！所以露歐卡就算不去上學，也能夠熟練的運用魔法嗎？」

「是呀！跟老師比起來，我的魔法技巧更勝一籌，去學校上課根本一點意思也沒有。」

聽見露歐卡這麼說，小薰嘆了一口氣說：

「唉！我在學校根本不可能發生這種事。」

「人類世界的學校都學些什麼呢？」

「像是數學、國語等很多科目，上學不只是閱讀和寫字，還有唱歌、練跳繩、學英文。每天都有回家作業，人類有好多事情得學呢！」

「又來了！」露歐卡在心裡默默的想。

小薰似乎覺得，人類比魔法師還要辛苦。

「請不要認為不管什麼事只要用魔法就能輕鬆解決！」

魔法師也不只是要學習魔法書的內容，還必須要互相競爭騎掃帚的技巧、運用藥草製作魔藥、實際練習飼育使魔，有數不清的必修課題要學習。

當然，每天也都有回家作業，像是露歐卡經常使用的魔法陣，就必須要記住好幾百種的圖形與咒語的組合，才有辦法成功運用。

魔法師也是需要付出許多努力的。

「我想到一個好點子了。」露歐卡突然靈光一閃。

2

睡衣派對

「既然妳這麼說，那妳要不要去魔法學校上課呢？也許就能如妳所嚮往的一樣，變成一個真正的魔法師了！因為妳一直以來都很想成為魔法師，不是嗎？」

露歐卡指著小薰說。

「小薰剛剛才看過整本都寫滿了陌生文字的魔法書，想必一定會知難而退的拒絕，然後回到人類世界！」

露歐卡原本是這麼想的。

「可以嗎？我要去！我要去！」

「什麼？」露歐卡驚訝得瞠目結舌。

「露歐卡妳人真好，竟然願意幫助我實現夢想，仔細想想，我們的長相很相似，只要交換服裝，絕對不會被發現的！」

小薰一副躍躍欲試的模樣。

「露歐卡妳到底在說什麼傻話！如果被大家發現她是假魔女的話，絕對會導致難以收拾的後果！」香草驚慌失措的對露歐卡說。

「因為我沒想到她真的要去呀！」

不過，露歐卡都已經說出口了，讓小薰抱著這麼大的期待，事到如今也不能說只是個玩笑話。

「露歐卡，我現在就可以去學校嗎？啊，對了，可以用魔法

把我的髮型變得跟妳一樣嗎？要是被發現的話就糟了！」

「對了！」露歐卡像是想到了什麼點子。

「那個，妳想想看，明天才要去上課呀，但小薰妳應該不可能在這裡過夜吧？所以這次還是取消比較好。」

「在魔法世界過夜嗎？我好想試一次！」小薰的眼神看來更加期待了。

「明天剛好是我們學校的創校紀念日，所以休假一天。我有時候也會到亞美家過夜，只要有跟媽媽說一聲就沒問題！」

「啊？」

本來以為告訴小薰得要過夜，她應該就會放棄，沒想到這反倒讓小薰的情緒更加高昂。

露歐卡流了一身的冷汗。

「這下該怎麼辦？」

「露歐卡，妳可以運用魔法讓我在魔法世界裡住一晚嗎？這對露歐卡來說是輕而易舉的事吧？哇，我好期待在露歐卡家舉辦睡衣派對！」

小薰這番話，讓露歐卡的心也變得雀躍起來。

露歐卡從小到大都不曾跟朋友參加過睡衣派對，母親蜜歐娜總是出差遠行，留下露歐卡看家，獨自度過漫長夜晚。如果有小薰的陪伴，也許就不再那麼孤單。

「不可能施展那種魔法的，露歐卡只是在捉弄妳罷了！」

香草在露歐卡肩膀上急躁的跳上跳下。

「露歐卡妳怎麼這麼安靜？妳也快告訴她呀！」

聽見香草的話，露歐卡抬頭瞥了小薰一眼。

「這……也不是做不到啦！」

香草被露歐卡的回應嚇了一大跳，還在她肩膀滑了一跤，差點掉到地上。

「露歐卡！妳……妳到底在說什麼！」

無視氣急敗壞的香草，露歐卡若無其事的繼續說：

「只要稍微更改小薰媽媽的記憶就可以了吧？比方說，讓媽媽以為小薰是去朋友家過夜。」

小薰聽了，一臉擔憂的回答：「可是等我回家之後，媽媽可能會打電話到朋友家致謝。」

露歐卡不以為意的用鼻子嗤笑一聲。

「沒關係，之後再消除這段記憶就行了。」

「露！歐！卡！」香草的憤怒值達到最高點，氣到頭頂都冒煙的程度。

「我絕對不允許妳把魔法用在這種事情上！」

這時，露歐卡輕巧的抓起香草的腳，把牠倒吊起來，用手指在牠毛茸茸的身體裡搔呀搔。

「妳這孩子，快住手！哈哈！很癢啦！」香草咯咯咯的笑個不停。

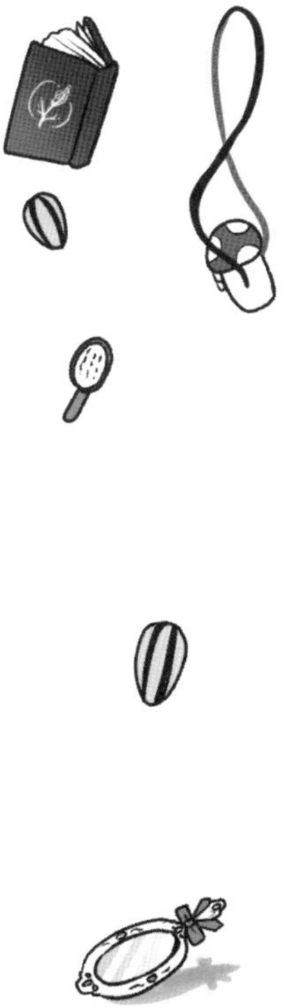

在這過程中，有好多東西從牠毛皮裡掉下來，有葵花籽、小梳子、糖果等等。

「找到了！」

從掉滿一地的東西裡，露歐卡撿起了一面鏡子，鏡子裡映照出小薰的媽媽。

「啊！露歐卡妳這孩子！」

香草拚命想攔阻，但是露歐卡已經對著鏡子念出咒語。

「這樣就沒問題了，我剛剛已經施展了魔法，小薰的媽媽會以為小薰今晚將在朋友家舉辦睡衣派對。」

說完後，露歐卡把鏡子放回到香草的毛髮當中。

「妳竟然這樣對我！」香草氣得原地跳腳，但是露歐卡視若無睹，拉起了小薰。

「來吧！開始準備睡衣派對！」

露歐卡帶著小薰走進廚房，拍了拍手，掌聲十分響亮。

「千萬不要準備做菜喔，我肚子超級飽的，完全不想吃那種難吃的料理！」

只見露歐卡大聲的對著空氣喊叫，小薰被她嚇了一跳。

「露歐卡，妳在說什麼呀？」

「噓，別說話，等著看吧！」露歐卡將手指放在脣邊，對小薰眨眨眼。

「叮鈴鈴！」

耳邊傳來一陣清脆的鈴聲，廚房四處捲起了閃耀著光芒的微小旋風。而在旋風之中，出現了有著輕薄翅膀的小精靈們。

「他們是『皮可希』，會幫我們把家事都打理好。」露歐卡低聲的說。

皮可希是一種很喜歡惡作劇的精靈，而且總是喜歡唱反調，叫他們不要做的事就偏要去做，吩咐他們做的事則絕對不做。

不過，下指令的時候只要故意說反話，皮可希就會把家事都做好，所以露歐卡經常召喚他們。也因為如此，露歐卡剛剛才會特地說出相反的指令。

皮可希小精靈們忙著飛來飛去，在鍋裡燉得爛熟的燉牛肉、酥脆多汁的炸雞、色彩繽紛的水果沙拉、以鮮豔花朵裝飾的杯子蛋糕……一眨眼就完成了這麼多料理。

「好厲害！」

不只是廚房，其他的皮可希們在餐桌鋪上了餐巾，將銀色的餐具排列整齊，還擺飾了許多花朵裝點氣氛。

露歐卡滿意的點點頭。

「合約終止！」

她說完後，舉起手拍了

兩下。就在那瞬間，皮可希們的身影消失在她們眼前。

「哇，消失了！」小薰驚訝的說。

露歐卡則一邊拉開椅子，一邊說道：「因為我媽媽已經預先施加了魔法，所以當我有需要的時候，就能輕易召喚皮可希出來。只要用正確的方式下達指令，皮可希就能幫上很多忙。在魔法世界裡，每個家庭都會召喚皮可希來做家事喔！」

小薰聽了露歐卡的這段說明，驚訝得目瞪口呆。

「真的好厲害！」

「請坐！我肚子好餓，
快點開動吧！」
露歐卡請小薰入座後，

自己也坐到椅子上。

「今天晚上要跟小薰舉辦睡衣派對，真讓人期待！」

露歐卡已經完全把白天在魔法大道遇見同學，而導致心情一團糟的事忘得一乾二淨。

✦

「昨天玩得好開心！」

第二天早上，露歐卡雖然醒了，但還沒有睜開雙眼，在被窩裡聽著鳥啼聲，臉上浮現出笑容。

一直以來，家裡都只有露歐卡一個人，因為小薰的到來，整個家彷彿明亮了許多。

昨晚，兩個人在享用了豐盛美食之後，露歐卡在小薰身上施加了透明魔法，帶她飛入夜空盡情遊覽風景。對小薰來說，眼前所見的一切都是如此新奇，所以全程都相當亢奮。

看見小薰這麼雀躍，露歐卡也跟著開心了起來。

「如果小薰可以一直留在魔法世界的話就好了。」

正當露歐卡還想著要不要再睡個回籠覺的時候……。

「露歐卡，早安！快起床吧！」

已經著裝完畢的小薰，笑容滿面的站在露歐卡床邊。

「現在起床也太早了吧！」

露歐卡想鑽回被窩裡，馬上又被小薰從床上拉起來。

「不能再睡了！今天要去魔法學校呀，快點起床準備了！」

「只要用魔法掃帚，一下子就能抵達學校了，就算把吃早餐的時間也算進去，提前一個小時起床就足夠了。」

雖然露歐卡這麼說，但早就已經起床的香草高聲提出反駁：

「不行！盡量不要使用掃帚以及任何魔法！要是被其他魔法師發現不對勁怎麼辦？」

「這樣的話，那我騎著掃帚，再把後座的小薰變透明不就好了嗎？」

露歐卡立刻想出了解決方法，但香草還

是堅決的搖搖頭說：

「你們在互換身分的時候，也有可能會被其他人看到，這個方法行不通！」

「真是的！」

露歐卡已經很久沒有這麼早起床了，她心不甘情不願的離開床鋪，準備吃早餐。

法式長棍麵包做成的三明治裡夾著蘋果和蘑菇，一口咬下，溫和的甜味在口中蔓延。還有加入彩椒的濃湯，切成星星造型的水果拼盤。

吃完皮可希準備的早餐，露歐卡抓緊時間，在小薰身上施加變身魔法。

「得斯卡多利波卡，改頭換面吧！」

手上拿著魔杖的露歐卡在空中畫出魔法陣，並喊出了咒語。

「呼哇！」

眼前瞬間浮現出一個金黃色的魔法陣，

「咻」的一聲從小薰的頭頂往下穿過她的全身。

小薰的髮色瞬間改變，頭髮變長了，連衣服也變得跟露歐卡

一模一樣。

「哇！太神奇了，我變成露歐卡了！」

小薰一臉陶醉的看著鏡子裡的自己。

「嗯，原來我長這樣呀！」露歐卡也專注的看著變身為自己的小薰。

平時雖然會從鏡子裡看見自己，但實際看到一個與自己外表如出一轍的人站在面前，還是會有一點難以形容的怪異感覺。

「這麼看來，除了服裝和髮型以外，我跟小薰在其他部分幾乎沒有什麼區別。就連名字也有些相似之處。為什麼我們兩人會如此相像呢？」

露歐卡越想越覺得不可思議。

「我會使用透明魔法待在妳身邊，有什麼事妳就小聲的告訴我吧！」

「好，知道了！」小薰依然沉醉於鏡中的自己而難以自拔，頭也不回的回答。

「還有！拜託妳不要說奇怪的話或做出詭異的舉動喔！」

露歐卡一再強調，小薰透過鏡子以一個勝利手勢作為回應。

「沒問題啦！真期待去夢寐以求的魔法學校！」

小薰不厭其煩的調整帽子的角度，對鏡中的自己露出了滿意的微笑。

「真的沒問題嗎？」露歐卡在心裡默默想著。

3

前往魔法學校

露歐卡與小薰一邊欣賞魔法世界的街景，一邊走向學校。

平時只要乘著魔法掃帚馬上就能抵達學校，但今天因為她們一路上經過的許多地方，小薰都想要停下來看看，所以花了不少時間。

原本打算比其他同學更早一步到達學校，結果拖到了上學人潮最洶湧的時段才到。露歐卡與小薰擠在水泄不通的學生之中，一起踏進校門。

「哇，原來魔法學校是這個樣子呀！」

小薰駐足不前，抬起頭，以驚訝好奇的眼神看著學校建築，露歐卡急忙拉著她離開。

「不要停下腳步！妳這樣路過的人會覺得妳很奇怪。」

身上施加了透明魔法的露歐卡，小聲的提出不滿。不過，小薰對她的話充耳不聞，還是好奇的東張西望。

「我們去教室吧！」

小薰被露歐卡緊緊拉著，只好不情願的向前走。

「哇，好漂亮！」走進魔法學校之後，小薰又忍不住高聲喊了出來。

挑高的天花板上懸吊著巨大的水晶燈，還有許多蝙蝠倒吊在上頭；高處有大大的圓形窗戶，騎乘掃帚的魔法師們接二連三的穿過窗戶進到室內。

「被允許使用掃帚的高年級生都是從那裡進入學校的。」露歐卡輕聲向小薰說明。

「這樣呀，真是有趣呢！」

小薰滿臉驚奇的模樣，引來了路過的低年級生們的側目。

「別停下來！快點走吧！」露歐卡從後面戳了戳小薰的背。

「書桌真好看！跟我學校的書桌完全不一樣。」

她們經過走廊，路過每一間教室，小薰都會探頭往裡面看。

「就叫妳別這樣！」

一路上露歐卡連拖帶拉，好不容易才走到教室。站在教室門口，露歐卡緊張得心臟劇烈跳動。

「我突然出現在這裡，大家會有什麼反應呢？」

露歐卡努力抬起顫抖不已的腳，跟在小薰後頭走進了教室。

她們一走進教室，連教室最後方的同學都用不可思議的目光看向她們，其中也包括卡雅莎。露歐卡懷疑自己擂鼓般的心跳聲，已經大到會被其他人聽見。

就在這個時候……。

「早安！」

小薰冷不防的朝著卡雅莎的方向揮揮手。

露歐卡嚇了一跳，趕緊拉下小薰的手，在她耳邊低聲說：「妳在做什麼啦！為什麼突然這麼大聲？」

「咦？我在跟朋友打招呼呀！」小薰歪著頭疑惑的回答。

「我說過那些人不是我的朋友！」

聽完露歐卡的話，小薰稍微停頓了一下，隨即露出笑容。

「那麼，只要從現在開始變成朋友就好了呀！」說完後，便輕快的朝向卡雅莎她們的位置走去。

「咦？等一下啦！」

「不曉得今天會上哪些課，真令人期待呢！」

頂著露歐卡外型的小薰，對著卡雅莎與其他同學們展露出友

善的微笑。她們在驚訝之餘，也點點頭作為回應。

「老師說今天要學習皮可希的召喚魔法。」卡雅莎有些侷促不安的回覆小薰。

小薰笑咪咪的說：「原來如此，謝謝妳告訴我！」

小薰似乎完全沒有發現

卡雅莎她們的困惑，臉上一直掛著笑容。

「真是受不了她！」

剛好在這個時候，老師走進教室裡，對著好久沒來學校的露歐卡說：

「露歐卡同學，妳請假請了好長一段時間，現在來上課，沒問題嗎？」

「沒問題，老師。聽不懂的地方，我再向您請教！」

看著充滿活力的小薰，老師也有點驚訝，但馬上恢復了笑容。

「看到妳比之前更有活力，真是太好了。那麼，現在開始上課，請大家回到自己的座位。」

老師開始上課，露歐卡在小薰耳邊悄悄的說：

「我求求妳不要再亂講話，怎麼可能會有我聽不懂的內容！」

結果，小薰將手指放在嘴脣上說：「噓……安靜一點，現在正在上課。」說完就轉身面向前方。

「什麼嘛，可惡！」露歐卡瞬間滿臉通紅。

4

同心協力

「呼！終於結束了。」下課後，露歐卡疲憊不堪，累到全身無力。

因為，今天一整天小薰馬不停蹄的向老師提問，在朗讀咒語的課堂上也念得零零落落的。

沒想到，小薰以一副絲毫不在意的樣子說：「哎呀，說錯了！」逗得大家哈哈大笑。

更誇張的是，小薰一到下課時間就到處跟班上同學搭話，自顧自的聊起天來。

「真是難以置信！」

班上同學肯定會覺得露歐卡怎麼變得這麼奇怪。

「天啊，早知道就不要提議這個主意了！」

等到老師一離開教室，露歐卡馬上抓著小薰說：「我們快點回去吧！」

「咦？可是我還想跟卡雅莎她們聊天！」

露歐卡硬是把一臉不情願的小薰拉起身，準備往教室門口走去，就在這時……。

「啊！」

教室裡面迴盪起響亮的尖叫聲。

她們回頭一看，一大群皮可希正源源不絕從教室後方的垃圾桶裡飛出來，追逐著學生們。

「不要過來！走開！」

「這是怎麼回事？」

露歐卡馬上就想到原因了。

「一定是有人忘記徹底解除召喚魔法，所以維持著與皮可希世界的連結狀態。」

在稍早的課堂中，學生們學習了召喚皮可希的方法，也就是能夠召喚出在露歐卡家裡負責料理的皮可希魔法。

以露歐卡家裡的狀況來說，因為蜜歐娜已經預先施加魔法，所以露歐卡可以輕鬆的召喚出皮可希，通常則要運用魔法陣來召喚才行。雖然這對露歐卡來說也是輕而易舉的事，但是對其他同學來說一點也不輕鬆。

老師將畫著魔法陣範本的講義發給大家，學生用自己的魔杖在空中練習，搭配黑板上寫的咒語，就能召喚出皮可希。

當然，小薰只是擺個手勢而已。露歐卡抓住小薰的手畫出魔法陣，再念出咒語，輕輕鬆鬆就召喚成功了。

老師在課程的最後特別叮嚀，一定要把講義那張紙撕毀，才

算是完全解除與皮可希之間的契約。如果沒有這麼做，就會維持著與皮可希世界相互連結的狀態。因此，應該是有人並未仔細確認紙是否已撕毀，就丟進垃圾桶了。

喜愛惡作劇的皮可希們發現依然連結著的魔法陣漏洞，

於是呼朋引伴，全部飛出來到處搗蛋。

「別跟著我！走開啦！」

多不勝數的皮可希跟在學生後頭窮追不捨，大家束手無策。

「露歐卡，怎麼辦？」

小薰平時總是對魔法抱持憧憬，但眼前的情景也讓她不由得害怕又心慌。

「我們快離開教室！」

露歐卡想拉起小薰往外走，但小薰甩開了她的手並搖搖頭。

「可是大家陷入麻煩了，我們必須想辦法幫助他們！」

「明明自己也很害怕，卻說要幫助大家，她到底知不知道自己在說什麼呀？」露歐卡心裡雖然這麼想，但小薰這個人不可能看著眼前這副情景而一走了之。

「真拿妳沒辦法，我雖然很想幫忙，但這必須由妳來做才行，因為現在大家看見的人是妳。」露歐卡對小薰這麼說。

「可是，我根本不可能應付這麼多的皮可希呀！」

看著害怕到快要哭出來的小薰，露歐卡緊緊抓住她的肩膀。

「現在不是說喪氣話的時候，冷靜下來！妳只要複誦一次我念的咒語就行了，別擔心！小薰妳一定做得到。好！現在拿起魔杖，要開始了喔！」

露歐卡說完後，握著小薰的手迅速的在空中畫出解除召喚魔法的魔法陣。

「喀喀！」

皮可希們一邊嘻笑，一邊把小薰好不容易畫好的魔法陣踢散後又逃走了。

「哇！」

為了閃避迎面衝來的一群皮可希，露歐卡和小薰都差點跌倒。

「氣死我了！我絕對不放過你們這些傢伙！小薰準備好了

嗎？再做一次！」

「啊，知道了！」

基本上，只有施展魔法的當事人才能夠解除魔法。不過，對於已經習得一身高強魔法的露歐卡來說，她絕對有信心解開這個魔法。

露歐卡和小薰再次敏捷的畫出了魔法陣，而皮可希們也再次朝她們急速衝去。

「跟著我念！艾里法斯雷迪！請求解除契約！」

魔法陣上面畫出了一個大大的叉字記號，隨著兩個人的聲音交疊，發出「砰」的一聲！

就像是有許多拉炮被同時拉響似的，巨大的聲

響震耳欲聾。同時，原本盤旋在整間教室裡的皮可希們，一瞬間全部都消失了。

「成功了！」

正當露歐卡不自覺的低聲叫好，老師也匆匆忙忙的衝進教室裡頭。

「大家都沒事嗎？」老師走進來的時候，皮可希已不見蹤影，學生們的情緒也安定下來了。

「老師，是露歐卡解救了大家喔！」

卡雅莎率先說出了這句話，其他人也不約而同的點頭附和。

「當時真的好混亂，幸好有露歐卡的幫忙。」

「露歐卡，謝謝妳！」

老師在確認完所有學生都平安無事後，向帶著露歐卡外表的小薰鞠躬道謝。

「露歐卡同學替大家解除了危機。妳表現得很棒，真的很感謝妳！」

老師一說完，所有同學也齊聲說：「謝謝妳！」教室響起此

起彼落的鼓掌聲。

露歐卡聽著鼓掌聲，滿臉通紅的想著：「我的魔法解救了大家嗎？」

一直以來，無論是被老師稱讚或是被其他人讚美「好厲害」，露歐卡都只是無比抗拒，因為露歐

卡總認為他們的言外之意是「她與其他人不同」。

可是不知為什麼，露歐卡今天完全不是這樣想的。

她深深的感受到，別人因為自己而感到歡欣鼓舞，這讓她的內心充滿了快樂。

5
帶有魔法的言語

「露歐卡！」

露歐卡與小薰正打算離開魔法學校，被卡雅莎和其他女孩們從後面叫住了，露歐卡只好急忙躲在小薰的身後。

「露歐卡，剛剛真的很謝謝妳幫忙！」

「雖然知道不應該閃避皮可

希，但當時實在太害怕了。」

「真不愧是露歐卡！」大家對自己讚不絕口，讓露歐卡很不好意思。

「她們特地來告訴我這些話耶！」沒想到，小薰揮了揮手，臉不紅氣不喘的說：「別客氣啦！那對我來說根本不算什麼！」

那時明明就害怕得要命，現在倒是得意忘形了起來。

「還真敢說！」露歐卡用力捏了一下小薰的背。

「哎呀！」小薰當場痛得原地跳起來。

其他人驚訝的問：「妳怎麼啦？」

「呵呵！」露歐卡在暗地裡偷笑。

「那個，露歐卡……。」綁著雙馬尾的女孩向露歐卡搭話。

「其實我一直都很想跟露歐卡當朋友，但是始終沒有勇氣跟妳說話。」

她說完後，隨即垂下眼簾。

「啊？」

露歐卡還在驚訝之中，另一位綁馬尾的女孩接著開口說：

「因為一想到妳媽媽是那位大名鼎鼎的魔法師蜜歐娜，心裡就有很多顧慮，不知道該怎麼和妳說話才好。」

其他人聽了也認同的點點頭。

「妳實在比我們厲害太多了，所以覺得妳應該不想跟我們交朋友。」

最後，卡雅莎有點不好意思的這麼說。

露歐卡內心受到衝擊，直直的盯著大家。

「畢竟是蜜歐娜的女兒嘛！這麼厲害也是理所當然的。」

「露歐卡就是與眾不同！」

因為在學校的成績優異，露歐卡曾聽過班上同學這樣議論她。她一心覺得，大家肯定都不喜歡她。因為抱持著這樣的想法，所以露歐卡從未預料到會有人想要跟她當朋友。

「大家真的是這麼想的嗎？」

「啊，對了，卡雅莎！」小薰忽然出聲呼喚卡雅莎。

「等等，小薰！妳現在想說什麼？」露歐卡頓時驚慌了起來，全身變得好緊繃。

「昨天在魔法大道多謝妳的幫助啦！」

聽見小薰這句話，卡雅莎疑惑的歪著頭說：「魔法大道？我昨天的確有去，但是我跟露歐卡好像沒有說到話？」

「啊，是這樣沒錯，那時候的我看起來不是現在這副模樣。」

小薰搔了搔頭，一陣傻笑。

露歐卡慌張的說：「小薰這傢伙！到底在說什麼啦！」

卡雅莎以不可思議的眼神盯著小薰。

「那個……。」

這時，卡雅莎突然冒出一句話：「在很久之前，我做過一個跟露歐卡一起出去玩的夢。」

「撲通！」露歐卡心跳加速。

露歐卡曾在卡雅莎身上施展過魔法，讓她跟自己一起玩，因為露歐卡沒有勇氣主動邀約，於是運用了在魔法世界必須取得許可才能施展的「操縱人心魔法」。

但是，就在魔法解除的那一刻，卡雅莎的表情瞬間轉變為驚恐。

「妳對我做了什麼？」

為了掩蓋施展魔法的舉動，露歐卡只好匆匆抹去了卡雅莎的記憶。

「卡雅莎還記得那一天的事情嗎？」

與心驚膽顫的露歐卡截然不同，小薰一派輕鬆的笑著說：

「這樣呀，看來那是預知夢喔！因為我們從今天開始就是朋友了呀！」

「小薰在說什麼呀！自以為是的說這種話，別人一定會覺得我很厚臉皮！」

露歐卡急著想阻止小薰，沒想到……。

「妳說的沒錯，真的是預知夢呢！呵呵呵！」

看見笑開懷的卡雅莎，露歐卡不禁愣住了。

曾經不惜違反規定也要用魔法跟卡雅莎交朋友，卻失敗了。

「原來如此，不需要用魔法，只要簡單說一句『請跟我當朋友』就行了！」

但對露歐卡而言，要說出這句話比登天還難。

「教會我這個道理的人，是小薰。」露歐卡看著小薰的燦爛笑容。

其實當下的心情只要直接告訴小薰就可以了，可是，露歐卡還是難以啟齒，於是將它默默留在心中。

「大家下次要不要一起去魔法大道逛街呢？」

露歐卡回過神來才發現，

小薰已經擅自邀約卡雅莎她們一同去魔法大道了。

「小薰真是的！」

露歐卡頓時感到一陣緊張，只見卡雅莎有些難為情的回答：

「我很想去……不過，昨天已經把卡片裡的儲值金全都用光了，暫時可能沒辦法去了。」

「我也是。」其他人也紛紛點頭。

結果，小薰開朗的笑著說：「這樣呀，那我的魔法卡片可以借給妳們用呀！」

「這樣的話……。」

露歐卡抓住小薰的披風想跟她解釋，但卡雅莎先開口了。

「這樣不行喔！因為魔法卡片是禁止出借給別人使用的。」

這句話讓小薰瞪大了雙眼，隨後她做了個裝傻的表情想輕鬆帶過。

「啊，是這樣嗎？我一時忘記了，真不好意思！」

卡雅莎看見她的表情和動作，忍不住「噗哧」一聲笑了出來。

露歐卡也滿臉通紅的說：「在卡雅莎面前出糗了啦！」

沒想到，卡雅莎掩不住笑意說道：「如果早一點跟露歐卡當

朋友的話就好了！」

小薰也以笑容回應卡雅莎。

「什麼時候成為朋友不重要，只要我們從今以後一起創造美好回憶就可以啦！」

卡雅莎露出有些驚訝的表情，很快又浮現出愉悅的微笑。

「嗯！妳說的對！」

6

溫暖的友情

「明天見！」

小薰向卡雅莎她們揮手道別，露歐卡在確認周圍完全沒有人之後，就解除了小薰的變身魔法以及自己身上的透明魔法。

「呼！真的好好玩喔！但是好累喔！」小薰一邊伸著懶腰，一邊說著。

「還好意思說！沒有經過我的同意就任意行動。而且明明是妳自己一直說想學魔法，竟然在課堂上狂打哈欠，真是的！」

露歐卡像連珠炮般的叨念了一長串，小薰只是傻笑著扮鬼臉

說：「哎呀，對不起嘛！」

小薰口中雖然道了歉，但絲毫沒有在反省的樣子。

「魔法果然很不簡單呢！要背誦好多東西，還有許多必須要遵守的規則，跟我平時去學校上課的感覺很像。」

露歐卡對小薰的心得感到意外。

「這是當然的呀！就算是魔法師也會有各種煩惱。從第一次見面開始到現在，我就一直在告訴妳這件事啊！」

「妳說的沒錯！光是體認到這一點，我就覺得這次去魔法學校很值得。露歐卡真的很了不起！看來我還是沒辦法成為一個魔法師。」

小薰自嘲的笑了兩聲之後，神情隨即變得認真。

「仔細想想，我現在經歷的事情也很不得了呢！居然來到從小就很嚮往的魔法世界，還跟魔法師成為朋友！」

說完這句話，小薰從口袋裡拿出了魔法卡片。

「這一切都要感謝這張魔法卡片！」

露歐卡看了小薰一眼。

「說得這麼好聽，妳剛剛還想把這張卡片借給卡雅莎呢！話說在前面，魔法卡片不能借給別人用，絕對不行喔！」

「咦？那為什麼我可以使用露歐卡的魔法卡片呢？」

「這倒是沒關係，因為我根本沒用過這張魔法卡片，就把它丟進溫布康特沼澤裡了，所以……。」

說到這裡，露歐卡停下了腳步。

「為什麼魔法卡片會掉在人類世界呢？」

據說，蘇翁森林中的溫布康特沼澤會連接到另一個世界。

正因為如此，露歐卡為了不讓任何人找到魔法卡片，才特地到那裡丟棄。

「那麼……究竟是為什麼呢？」

想到這裡，露歐卡凝視著小薰。那張被她丟棄的魔法卡片，被一個與自己長相神似，甚至連名字也相像的女孩撿到，這個世界上真的有那麼巧的事情嗎？

「倘若……這並非偶然呢？」

「露歐卡？妳怎麼突然發起呆啦？」小薰在露歐卡面前揮手想引起她的注意。

「沒……沒事啦！」露歐卡回過神來，再次邁開腳步。

「想太多了！誰會做那種事，又是為了什麼呢？」

「露歐卡！」香草從披風裡冒出頭。

「差不多該讓小薰回到人類世界了，妳施加在

「小薰媽媽身上的魔法就快要失效了！」香草的提醒讓露歐卡驚覺到這件事。

「糟糕，你說的對！」

「已經這麼晚了呀！」小薰不開心的噘起了嘴巴。

露歐卡揮動魔杖，迅速在空中畫出魔法陣。

「來吧！小薰，站在這前面。」

受到露歐卡的催促，小薰心不甘情不願的站到魔法陣前方。

這時，小薰像是想到了什麼，忽然抬起頭來。

「對了，露歐卡，我忘記告訴妳一件事。」

正準備念咒語的露歐卡皺起了眉頭。

「什麼事？」

「我跟卡雅莎約好了明天要一起吃午餐，所以，妳一定要去學校喔！」

露歐卡一臉不可置信的表情，將原本高高舉起的手放了下來。

「這……妳什麼時候跟她約好的？」

面對十分驚訝的露歐卡，小薰輕鬆的聳聳肩說：

「就在要回家的時候呀，我對她說明天一起吃午餐喔！」

「妳這麼臨時才告訴我，我不可能做得到。」大驚失色的露歐卡，將頭撇向另一邊。

「沒有不可能，妳只要像跟我說話的時候一樣，展現出妳平常的姿態就可以了。」

「妳能不能不要把我跟妳相提並論？我沒辦法像妳一樣有源源不絕的話題，如果什麼都不說，氣氛一定會很尷尬。」

聽見露歐卡這麼說，小薰笑著回應：「什麼嘛！原來是因為這樣呀！」

「這一點也不好笑！」

結果，小薰將手伸進提袋，在裡頭撈來撈去。

「如果妳不知道該聊什麼才好，就寫在筆記本上面吧！」

小薰拿出來的是那本藍色的聊天筆記本。

「就算我們相隔遙遠，我可以透過筆記本給妳一些『聊天話題』的建議呀！」

看著笑盈盈的小薰，露歐卡頓時

不知道該說什麼才好。

「可……可是……。」

「今天，當皮可希給大家造成困擾的時候，露歐卡出手幫助了大家，我覺得妳真的好厲害喔！」

小薰凝視著露歐卡的雙眼繼續說：「當時，我心中的想法是，真希望我也可以用自己的長處幫助露歐

卡，那就再好不過了。明天鼓起勇氣去學校吧，別擔心，我會在妳身邊的！」

小薰這番話，讓露歐卡內心充滿了感動與溫暖。

「在這之前，我總是認為向他人求助是一件很丟臉的事情，原來並不是這樣的！」

看著小薰閃耀著光芒的眼睛，露歐卡內心有了這樣的體悟。

這個人類女孩雖然長相與自己如此相像，但無論是想法還是性格都截然不同。然而，小薰能夠不費吹灰之力就解決了露歐卡的困擾與煩惱，宛如魔法般的神奇。

即便內心激動澎拜，露歐卡還是裝出不在意的樣子，將臉撇到一邊說：「我……我就算沒有那種騙小孩的道具，也能使出比這更厲害的魔法啊！」

「啊……我根本不是這樣想的，怎麼又冒出這種話！」

露歐卡想要更誠實表達出自己的感受，但總是心口不一，每次都說出一些與想法完全相反的話。

小薰似乎完全沒放在心上，呵呵笑著回答：「嗯！我知道呀，但是，透過筆記本聊天很有趣嘛！」

「小薰真的是……。」露歐卡也不由自主的笑了出來。

無論露歐卡說了什麼，小薰時時刻刻都會以笑容回應她。雖然小薰總是稱讚露歐卡很厲害，但在露歐卡心裡，其實小薰比她更了不起。

「嘿！露歐卡，妳趕快念咒語，不然魔法陣就要消失了！」

聽見香草的催促，露歐卡趕緊重振精神，舉起魔杖。

「知道了。好，準備開始了，小薰！」

說完這句話，露歐卡深吸了一口氣，迅速念出：「塔拉里亞！讓小薰回家！」

魔法陣散發出光芒，逐漸接近小薰。

「再見，露歐卡，下次見！」穿過魔法陣的時候，小薰向露歐卡道別。

「再見！」

露歐卡也急忙回應，不過，小薰已經從眼前消失了。

「露歐卡，妳對小薰說了『再見』，今天的妳一點也不彆扭呢！」香草笑嘻嘻的說。

「別多話！」

露歐卡把香草塞回披風，

拿出了與小薰聊天的筆記本，

觸摸著淺紫色的封面。

「明天我要帶這個筆記本到學校去！」

露歐卡回到家，一坐在書桌前，就將聊天筆記本拿了出來。

「實際把話說出口對我來說還是有點難，如果是用寫的應該沒問題。」

露歐卡拿起羽毛筆開始寫字。

給小薰：

「今天很謝謝妳。明天我會嘗試跟卡雅莎一起吃午餐。」

露歐卡

結果，露歐卡寫下的訊息從紫色變成了藍色。

「啊，小薰已讀了！」

過沒多久，筆記本上就浮現出小薰的回覆。

給露歐卡：

「我也要謝謝妳！能夠在魔法世界住一晚真的好開心喔！真期待明天呀！」

小薰

露歐卡將小薰的訊息重複看了兩次，接著露出愉快的笑容。

「真的，我也好期待明天的到來！」

自從進入了魔法學校，這是第一次露歐卡對上學抱有期待。

「明天千萬不能忘記帶筆記本出門。」露歐卡從椅子上站起，走向自己的房間，將重要的筆記本收進包包裡。

窗外，淨白的弦月高掛在夜空中。

「喵——。」

黑貓沐浴在月光下，在屋頂上發出了細細的叫聲。

小薰第一次來到魔法世界，度過了驚喜交加的時光。睡衣派對真的好有趣喔！啊！加百列天使的聊天筆記本收到小薰寫來的訊息了！嘿嘿，要怎麼回覆呢？

魔法筆記

加百列天使是誰？

加百列是四大天使之一，
在天使當中，
擁有慈悲與和諧的力量。
名字具有「神之英雄」、
「強者」的含意。
被稱為散播智慧
與神之旨意的天使。

※ 注意事項 ※

在加百列的天使筆記本上所書寫的內容，
會即時傳送到另一本筆記本上，
因此，請留意不要寫下無禮傷人的內容。
務必避免在情緒激動的狀態下書寫訊息。
祝您使用愉快！

運用加百列的力量，加深你與對方的美好情誼！

為大家介紹
魔法世界

魔法房間

睡衣派對

跟露歐卡一起的
睡衣派對，真的好開心喔！
稍微透露一點內容
給你們吧！

after the dinner

晚餐後

挑選明天要穿去
學校的衣服。
其他衣服也一起
試穿看看吧！

the chatting time

聊天時間

晚上8點

露歐卡用卡牌為我占卜
哇，竟然連我的心願
都能看出來！
(我想養寵物)

the night flying☆
夜空散步
晚上9點
一起遊覽魔法世界的夜空！
夜景真美！
the sleeping time
晚安
晚上10點
今天的開心體驗說也說不完，
留到明天再說吧，晚安！
才沒有呢！
不過，如果小薰還想再
舉辦睡衣派對，
我也是可以陪她玩啦！
今晚的
露歐卡看起來
很開心喔！

故事館 044

魔法少女奇遇記 4：真假魔女變身記

ひみつの魔女フレンズ4巻　魔法学校でつながるキズナ

作　　者	宮下恵茉
繪　　者	子兔
譯　　者	林謹瓊
語文審訂	曾于珊（師大國文系）
副總編輯	陳鳳如
封面設計	張天薪
內頁排版	連紫吟・曹任華

出版發行	采實文化事業股份有限公司
童書行銷	張惠屏・張敏莉
業務發行	張世明・林踏欣・林坤蓉・王貞玉
國際版權	施維真・劉靜茹
印務採購	曾玉霞
會計行政	許俽瑀・李韶婉・張婕莛
法律顧問	第一國際法律事務所　余淑杏律師
電子信箱	acme@acmebook.com.tw
采實官網	www.acmebook.com.tw
采實臉書	www.facebook.com/acmebook01
采實童書粉絲團	https://www.facebook.com/acmestory/

ISBN	978-626-349-612-5
定　　價	320元
初版一刷	2024 年 5 月
劃撥帳號	50148859
劃撥戶名	采實文化事業股份有限公司

104台北市中山區南京東路二段95號9樓
電話：(02)2511-9798　傳真：(02)2571-3298

國家圖書館出版品預行編目資料

魔法少女奇遇記 . 4, 真假魔女變身記 / 宮下恵茉作 ; 子兔繪 ; 林謹瓊譯 . -- 初版 . -- 臺北市 : 采實文化事業股份有限公司 , 2024.05
192 面 ; 14.8×21 公分 . -- (故事館 ; 44)
譯自 : ひみつの魔女フレンズ . 4 巻 , 魔法学校でつながるキズナ
ISBN 978-626-349-612-5 (平裝)
861.596　　113002741

Himitsu no Majo Friends 4 Mahougakkou de Tsunagaru Kizuna
© Ema Miyashita & Kousagi 2022
First published in Japan 2022 by Gakken Plus Co., Ltd., Tokyo
Traditional Chinese translation rights arranged with Gakken Inc.
through Keio Cultural Enterprise Co., Ltd.

采實出版集團
ACME PUBLISHING GROUP

版權所有，未經同意不得
重製、轉載、翻印